Analyse de l'œuvre

Par Jessica Hermans

Sérotonine

Michel Houellebecq

lePetitLittéraire.fr

Analyse de l'œuvre

Par Jessica Hermans

Sérotonine

Michel Houellebecq

Rendez-vous sur lepetitlitteraire.fr et découvrez :

Plus de 1200 analyses
Claires et synthétiques
Téléchargeables en 30 secondes
À imprimer chez soi

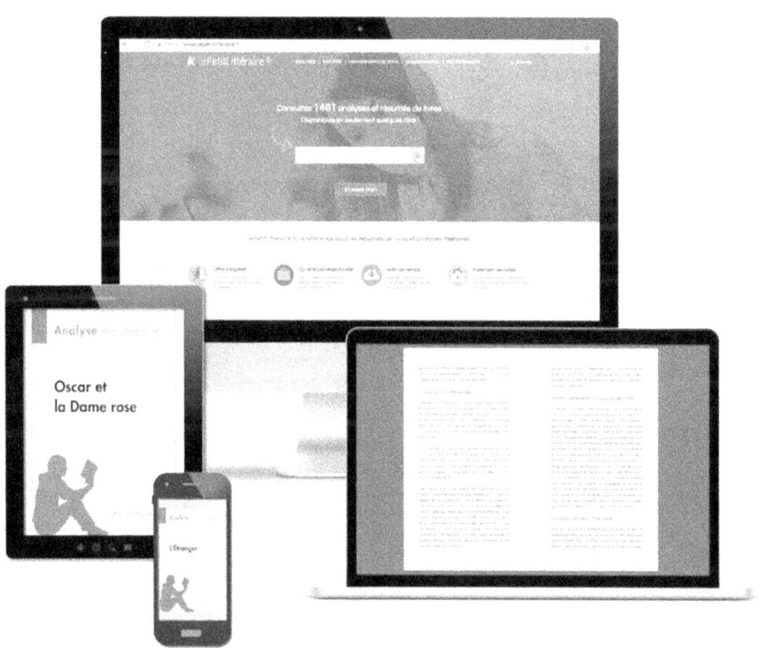

SÉROTONINE

UN ROMAN SUR LE REGRET DANS UN MONDE EN MUTATION

- **Genre :** roman
- **Édition de référence :** *Sérotonine*, Paris, J'ai lu, 2020, 352 p.
- **1ʳᵉ édition :** 2019
- **Thématiques :** dépression, solitude, bonheur, amour, consommation, destin, regret

À 46 ans, Florent-Claude Labrouste, employé au ministère de l'Agriculture, est à un moment charnière de sa vie. En pleine dépression, des médecins lui prescrivent du *Captorix*, un nouveau médicament dont le but est d'augmenter son taux de sérotonine et de lui permettre ainsi d'être heureux. Il décide de quitter sa compagne japonaise et son emploi pour faire le point sur sa vie et tenter de renouer avec son passé, ses anciennes conquêtes et son unique ami. Malgré ses efforts et le nouveau produit prometteur, il sombre de plus en plus dans la nostalgie et le regret, au point de mourir lentement de chagrin dans une société en pleine mutation et indifférente au malheur des autres.

Ce septième roman de Michel Houellebecq aborde des thèmes chers à l'auteur, tels que la critique du libéralisme économique, la question du bonheur, de l'irréversibilité du destin. Il y dresse un portrait cynique et réaliste de la France contemporaine et présente les conséquences néfastes du libéralisme économique, qui isole et détruit des vies dans l'indifférence générale. Lors de sa sortie en 2019, le roman a d'ailleurs suscité plusieurs débats dans la presse : certains y ont vu un présage de la crise des gilets jaunes, tandis que d'autres estiment que Michel Houellebecq est simplement « un observateur méticuleux de notre société » (Provost, « Dans *Sérotonine* de Michel Houellebecq, voici ce qu'il y a de *gilets jaunes* » [en ligne]).

MICHEL HOUELLEBECQ

ÉCRIVAIN, POÈTE ET ESSAYISTE FRANÇAIS

- **Né en 1956 à Saint-Pierre**
- **Quelques-unes de ses œuvres :**
  - *Extension du domaine de la lutte* (1994), roman
  - *Les Particules élémentaires* (1998), roman
  - *La Carte et le Territoire* (2010), roman

Michel Thomas est né en 1956 à Saint-Pierre sur l'ile de la Réunion. Il est le fils de René Thomas, guide montagnard, et de Lucie Ceccaldi, médecin anesthésiste. Après le divorce de ses parents, il est élevé dans un premier temps par ses grands-parents maternels, jusqu'à ce que son père récupère sa garde et le confie à sa grand-mère paternelle, Henriette Houellebecq, dont le nom de jeune fille deviendra son futur nom de plume. Scientifique de formation, il est diplômé d'ingénierie agricole en 1978 et poursuit d'autres études à l'École nationale supérieure Louis Lumière, qu'il abandonne avant d'obtenir son diplôme.

C'est dans les années 1990 qu'il commence à se consacrer à l'écriture, d'abord par le biais d'essais et de recueils de poésie. Mais ce sont surtout ses premiers romans, *Extension du domaine de la lutte*, paru en 1994, et *Les Particules élémentaires*, paru en 1998, qui le font connaitre du public. Il a par ailleurs remporté de nombreux prix, parmi lesquels le célèbre prix Goncourt pour son cinquième roman, *La Carte et le Territoire* en 2010. Ses œuvres ont été traduites dans une quarantaine de langues.

Plusieurs de ses livres lui ont valu d'être au cœur de polémiques : avec *Les Particules élémentaires*, il est taxé de misogynie ; lors de la parution de *Soumission*, son sixième roman, il est accusé d'islamophobie.

Outre ses activités purement littéraires, il est également scénariste, réalisateur et acteur.

RÉSUMÉ

Florent-Claude, dépressif, fumeur et alcoolique de 46 ans, prend des comprimés de Captorix, un antidépressif fictif. Le médicament a cependant un impact sur sa libido et le rend impuissant. C'est l'occasion pour le quarantenaire de faire un bilan sur sa vie et, surtout, sur ses conquêtes passées.

DISPARITION VOLONTAIRE

Tout commence en Espagne, à la fin des années 2010. Florent-Claude rencontre deux jeunes femmes dans la vingtaine lors de ses vacances dans la province d'Almeria. Il les aide à gonfler les pneus de leur voiture tout en fantasmant sur elles. L'idée de l'arrivée imminente de Yuzu, sa compagne japonaise, prévue pour le lendemain assombrit son humeur. Il a prévu deux semaines de vacances dans une station naturiste avec sa compagne, mais regrette son choix avant même qu'elle ne le rejoigne. Il réalise qu'il ne l'aime pas et est convaincu que la jeune femme ne reste avec lui que pour son argent.

Il décide alors d'écourter leurs vacances, se montre odieux avec Yuzu et craint le retour qui le force à passer du temps avec sa compagne. Les quatre jours du retour sont un véritable combat pour lui : il peine à dénicher des hôtels qui acceptent les fumeurs et doit souvent désactiver les détecteurs.

À leur retour à Paris, il prend conscience que son couple est condamné. Cela fait des mois que les deux amants font chambre à part et il soupçonne la jeune femme de trouver ailleurs ce qu'elle ne trouve plus dans ses bras. En fouillant sur l'ordinateur de Yuzu, il tombe sur deux vidéos pornographiques d'elle, l'une filmée lors d'une soirée libertine, l'autre présentant des scènes de zoophilie. Il envisage dans un premier temps de la défenestrer de l'appartement trois-pièces où ils vivent, au vingt-neuvième étage de la tour Totem.

Mais le visionnage d'un documentaire sur les « Disparus volontaires » (p. 57) le convainc de disparaitre purement et simplement sans laisser de traces. Il met donc ses affaires en ordre : il quitte son emploi auprès du ministère de l'Agriculture, envoie le préavis pour son appartement et trouve, dans un autre quartier, un hôtel qui accepte les fumeurs.

Après avoir renoncé à la vie qu'il connaissait, il choisit la date de son départ, le 1er aout. Il envisage de revoir Yuzu une dernière fois, s'interroge sur son avenir, mais finit par partir sans un mot. Son projet de disparition volontaire a fonctionné.

À LA RECHERCHE DES AMOURS PERDUES...

Sa vie devient extrêmement routinière. Il ne quitte sa chambre d'hôtel que pour laisser les femmes de ménage accomplir leur travail et suit toujours le même trajet. Il finit par réaliser que quelque chose ne va pas et se décide à consulter un psychiatre. Il entend alors parler pour la première fois du Captorix, médicament visant à augmenter la production de sérotonine afin de diminuer les effets de la dépression. Il découvre toutefois que le produit peut provoquer, comme effet secondaire, de l'impuissance.

Il décide du coup de ressasser ses amours passées et raconte ses déboires romantiques et sexuels, conscient que seules deux femmes sortent du lot : Kate et Camille. C'est dans ce cadre qu'il reprend contact avec Claire, une actrice qu'il avait fréquentée 20 ans auparavant. Il évoque les souvenirs de sa rencontre avec Kate, premier véritable amour, qui contraste avec la superficialité de Claire. Là où l'une brillait par son intelligence et son humanité, l'autre détonne par sa soif de célébrité et de luxe. Mais lorsqu'il retrouve Claire au restaurant, c'est le choc : les années n'ont pas épargné son ex-compagne, qui a pris du poids, est devenue alcoolique et dépressive. Après une tentative ratée de réunion charnelle, Florent-Claude finit par s'enfuir et poursuit sa plongée dans le passé.

LES RETROUVAILLES AVEC AYMERIC

Il reprend ainsi contact avec son seul ami, rencontré durant ses études d'agronomie, Aymeric d'Harcourt-Olonde. Ce dernier était un jeune aristocrate idéaliste, amateur de joints et de vinyles, qui a décidé de faire vivre ses idéaux en devenant lui-même agriculteur. Mais il croule rapidement sous les tracas. Il a beau s'être marié, avoir eu deux enfants avec Cécile, son épouse, il ne parvient néanmoins pas à chasser ses soucis. La pression de l'exploitation agricole pèse sur son mariage, les idées du couple pour s'en sortir financièrement ne sont pas viables. Lorsque Florent-Claude arrive chez son ami juste avant les fêtes de fin d'année, c'est un homme brisé qu'il retrouve. Sa femme l'a quitté pour un pianiste, il n'a plus de contact (hormis virtuel) avec ses deux filles, il peine à survivre financièrement sous le regard réprobateur de son père, stéréotype du noble.

Les retrouvailles avec Aymeric sont l'occasion pour Florent-Claude de raviver les souvenirs de Camille, la femme de sa vie, avec qui il a vécu le parfait bonheur jusqu'à ce qu'il la trompe. Sa présence hante les lieux qu'il parcourt pour rejoindre son ami, ainsi que sa mémoire. Ses émotions sont exacerbées par la nostalgie qui accompagne les festivités de fin d'année et l'ambiance devient de plus en plus déprimante.

Florent-Claude, qui loge dans l'un des bungalows que loue l'aristocrate agriculteur pour survivre, tente de se distraire en espionnant son voisin, qui s'avère être un pédophile. Après l'avoir fait fuir accidentellement, il questionne Aymeric sur les armes à feu qu'il possède, pour le plus grand plaisir de son ami, qui l'initie à son hobby. Florent-Claude continue à passer le temps en se promenant et en s'entrainant au tir, tandis qu'Aymeric sombre lentement, englouti par la crise socioéconomique qui frappe le monde de l'agriculture. Ses amis se suicident les uns après les autres dans l'indifférence, les réunions syndicales ne parviennent pas à améliorer les conditions de vie des agriculteurs. Florent-Claude lui-même confirme, en tant que spécialiste expérimenté, que la situation ne fera qu'empirer.

Aymeric, accompagné de quelques amis, décide alors de manifester. Les hommes bloquent un carrefour clé, enflamment des jerricanes de fuel, tirent sur les CRS venus les disperser… Finalement, Aymeric se suicide sous le regard des caméras, venues filmer l'évènement, et la manifestation finit en bain de sang.

CAMILLE

Choqué par le suicide de son seul ami, Florent-Claude reprend la route et tente de retrouver Camille. Il réalise qu'il l'aime et qu'elle est son dernier espoir de bonheur. Il trouve le cabinet où elle exerce en tant que vétérinaire et l'espionne de loin. Il entre même par effraction dans un restaurant fermé et situé en face de la maison de la jeune femme pour pouvoir l'épier. Il réalise que Camille a un fils et, lorsqu'il prend conscience du lien fort qui unit la mère et le fils, envisage de se débarrasser de l'enfant, qu'il voit comme un rival potentiel. Il se rétracte à la dernière minute et renonce définitivement à Camille. Il retourne alors à Paris.

LA DESCENTE AUX ENFERS

Il reprend rendez-vous avec le docteur Azote, qui prend conscience de la gravité du cas de son patient. Le médecin accepte d'augmenter la dose de son antidépresseur, mais exige des examens complémentaires. En attendant les résultats, Florent-Claude retourne vivre à l'hôtel. Cependant, les mauvaises nouvelles se succèdent. Les résultats sont alarmants : malgré ses antidépresseurs, le quadragénaire est en train de mourir lentement de chagrin. Il n'a plus aucun désir, commence à prendre du poids et à faire le deuil de sa vie sociale. En outre, son hôtel devient interdit aux fumeurs et il n'a que peu de temps pour trouver un autre endroit où rester. Il trouve un appartement dont il ne sort presque plus, passe ses journées à regarder la télévision, à lire ou à envisager d'imprimer et de coller des photos sur ses murs pour retracer l'histoire de sa vie. Il projette finalement de se suicider, mais décide de dilapider tout son argent avant de passer à l'acte. Il prend alors conscience qu'il aurait pu être heureux, mais qu'il est passé à côté des quelques occasions qui se sont présentées à lui.

ÉTUDE DES PERSONNAGES

FLORENT-CLAUDE LABROUSTE

Âgé de 46 ans, Florent-Claude Labrouste est un fumeur, alcoolique, insomniaque et dépressif. Il déteste son prénom, qu'il trouve trop efféminé et en opposition avec son physique plutôt viril. Il a un visage carré, des traits burinés et semble être de corpulence normale pour son âge, avant de prendre du poids à la fin du roman à cause du Captorix, son antidépresseur. Fils unique et issu d'une famille aisée, il admire l'amour de ses parents, même s'il se sent souvent exclu de leur relation privilégiée. Ceux-ci décident de se suicider le jour de leur quarantième anniversaire de mariage, car son père est atteint d'une tumeur au cerveau inopérable.

Florent-Claude a réalisé des études d'agronomie au lycée Henri IV et a exercé différents emplois. Il a notamment travaillé pour Monsanto dans sa jeunesse, mais se sentait peu en accord avec les valeurs de la multinationale. Le dernier emploi qu'il occupe est celui d'employé au ministère de l'Agriculture, emploi qu'il quitte lors de sa dépression. Cette dernière le pousse à partir dans une quête nostalgique de l'amour perdu et du sens de la vie.

Il a eu de nombreuses conquêtes, mais seules deux ont réellement compté dans sa vie : Kate et, surtout, Camille. Son seul et unique ami est un aristocrate agriculteur rencontré durant ses études, Aymeric d'Harcourt-Olonde.

Il est par ailleurs narrateur autodiégétique, c'est-à-dire un narrateur qui est également un personnage de l'histoire.

AYMERIC D'HARCOURT-OLONDE

Aymeric d'Harcourt-Olonde est le seul ami de Florent-Claude. Ils se sont rencontrés durant leurs études d'agronomie et ont repris contact à plusieurs reprises durant leur vie d'adulte. Passionné de vinyles dont il possède plus de 500 exemplaires, il est décrit par son ami de jeunesse comme beau et blond. Issu de l'aristocratie, il a décidé de devenir agriculteur pour réaliser ses idéaux et vivre conformément à ses valeurs. Il possède 300 vaches laitières, une exploitation agricole et de nombreuses terres, qu'il est contraint de morceler progressivement afin de les revendre. Il est marié à Cécile, une jeune aristocrate, brune, mince et élégante. Cette dernière lui donne deux enfants, Anne-Marie et Ségolène trois ans plus tard. La pression et les tracas liés à l'exploitation agricole, qui coute plus qu'elle ne rapporte, finissent cependant par peser sur leur mariage. Cécile tente de diversifier leur offre en proposant des possibilités de logement sur leurs terres. Mais la pression ne cesse de croitre et Cécile finit par quitter Aymeric pour un pianiste de passage qu'elle suit en Angleterre avec leurs deux enfants. Après son départ, Aymeric sombre dans l'alcoolisme, ses traits s'épaississent et sa joie de vivre disparait progressivement. Il ne lui reste finalement que sa passion pour les armes à feu et ses idéaux sur l'agriculture. Lorsque Florent-Claude lui fait comprendre que ses idéaux ne se réaliseront jamais et que l'agriculture traditionnelle est vouée à disparaitre sous la pression du libéralisme économique, Aymeric réunit d'autres agriculteurs et devient le martyr de la cause paysanne en se suicidant à l'arrière de son pickup après une ultime tentative de faire entendre au reste du monde la condition tragique des campagnes françaises.

La quatrième de couverture du roman décrit par ailleurs Aymeric comme le « double inversé » de Florent-Claude. Tous deux sont ingénieurs agronomes, mais chacun a fait des choix différents. Aymeric a renoncé à une place chez Danone après un stage pour devenir agriculteur et mettre en pratique ses idéaux. Florent-Claude a travaillé d'emblée dans une multinationale à l'éthique souvent contestée. L'aristocrate s'est marié et a eu deux enfants avec la femme de sa vie. Le narrateur, quant à lui, passe tout le roman à tenter de comprendre qui ont été les femmes qui ont donné du sens à sa vie et est prêt à essayer de tuer le fils de l'une d'elles pour la récupérer. Néanmoins, malgré des choix de vie fort différents, les deux personnages finissent tous deux alcooliques, dépressifs et en décalage avec un monde dans lequel ils ne se reconnaissent plus. L'un en meurt lentement de chagrin, se désengageant de plus en plus du monde par l'abandon de sa compagne, de son emploi, etc. ; l'autre se suicide en martyr, dans une ultime tentative pour réveiller les consciences.

En outre, le prénom d'Aymeric est un prénom médiéval, qui rappelle son passé noble et ancien. Quant à son ex-femme, Cécile, qui le quitte pour un pianiste, elle porte le prénom de la sainte patronne de la musique...

LE DOCTEUR AZOTE

Lorsqu'il réalise qu'il ne va pas bien, Florent-Claude décide de consulter un psychiatre qui lui prescrit du Captorix, un nouvel antidépresseur prometteur. Le courant ne passe cependant pas entre les deux hommes et Florent-Claude décide alors de consulter un médecin qu'il avait déjà rencontré une fois par le passé, pour une bronchite, et qui lui avait paru plus sympathique que les autres : le docteur Azote. Ce dernier détonne par son franc-parler et ses méthodes atypiques. Lorsqu'il réalise que le Captorix prive son patient de toute libido et le rend impuissant, il n'hésite pas à lui conseiller le recours à des prostituées (dont il donne le numéro) ou d'envisager le tourisme sexuel. Physiquement, le médecin n'a pas changé depuis sa première rencontre avec Florent-Claude 20 ans plus tôt. Il avait alors la quarantaine, une calvitie prononcée, des cheveux gris, longs et sales.

Par ailleurs, ce médecin, qui exerce rue d'Athènes, porte bien son nom. Étymologiquement, « Azote » signifie « sans vie, invivable » (du grec ἄζωτος, azôtos). Or, il ne parvient pas à rendre la vie à son patient, qui se meurt lentement de chagrin malgré les soins qu'il lui prodigue.

LES PRINCIPALES EX-COMPAGNES DE FLORENT-CLAUDE

Kate

Kate est la seule femme que Florent-Claude ait vraiment aimée avec Camille. Il la décrit comme sa dernière conquête de jeunesse. Danoise extrêmement intelligente, elle a cinq ans de plus que Florent-Claude et est âgée de 27 ans lors de leur rencontre. Elle a étudié le droit et est devenue ensuite avocate d'affaires dans un cabinet à Londres, avant de reprendre des études, de médecine cette fois. Lors de leur séparation, Kate a tenté de contacter de nombreuses fois Florent-Claude qui a finalement répondu trop tard, au moment du départ de la jeune femme pour une mission humanitaire. Il possède une photo d'elle, qui fait partie des souvenirs qu'il chérit et souhaite afficher sur le mur de son dernier appartement.

Il est intéressant de relever que, d'un point de vue étymologique, le prénom « Kate » signifie « pure ». Or, Florent-Claude met sa relation avec Kate sur un piédestal, l'idéalise tout en étant conscient qu'il ne méritait pas une femme aussi parfaite que Kate.

Claire

Blonde, élégante, mais froide, Claire est une actrice qui aime les films grand public, mais se voit cantonnée à des rôles profonds qu'elle n'apprécie aucunement. Elle rencontre Florent-Claude le 31 décembre 1999 et renoue brièvement avec lui lors de sa dépression. Sa mère, avec laquelle elle entretenait des relations tendues, meurt dans un crash aérien à 49 ans et lui lègue son appartement, situé dans un quartier huppé de Paris. Son père, quant à lui, architecte à l'origine du projet de la Tour Totem où résidait Florent-Claude avec Yuzu, est mort quand elle avait six ans. Lorsqu'elle renoue avec son ancien compa- gnon, impuissant, elle se montre remplie d'insécurités et quelque peu égoïste, ce qui pousse Florent-Claude à la fuir définitivement.

Camille

Grand amour de Florent-Claude, Camille a les yeux bruns et un regard doux. Elle a dix ans de moins que son compagnon et est âgée de 19 ans lors de leur rencontre, durant ses stages pour ses études vétérinaires. Elle est d'origine portugaise, son père est le gérant de l'unique tabac-presse de Bagnoles-de-L'Orne. Les deux amants vivent heureux ensemble quelque temps, mais ils finissent par se séparer à la suite d'une infidélité (répétée) de Florent-Claude. Lorsque ce dernier la retrouve des années plus tard, la jeune femme tient un cabinet près de chez ses parents et a un fils de trois-quatre ans. Dans un vain espoir de reconquérir son amour perdu et après l'avoir observé à distance, l'ancien amant envisage de tuer l'enfant. Il ne va cependant pas au bout de son acte et fait son deuil de la relation. Il conserve néanmoins précieusement deux photos de Camille qu'il souhaite afficher sur le mur de son dernier appartement.

Yuzu

Yuzu est la dernière conquête sérieuse de Florent-Claude. Âgée de 26 ans, soit 20 ans de moins que son partenaire, la jeune femme, d'origine japonaise, passe pour être vénale et superficielle. Elle possède 18 crèmes de beauté, aime les marques et n'a jamais offert un seul cadeau à Florent-Claude en deux ans de relation. Ses rapports avec sa propre famille sont assez distants, elle les appelle rarement et semble fiancée dans son pays natal. Son compagnon décide de la quitter après avoir réalisé que la jeune femme ne l'aimait pas réellement et envisageait de refaire sa vie quand il ne serait plus là. Convaincu que Yuzu trouve ailleurs la satisfaction sexuelle qu'il ne lui offre plus, il fouille son ordinateur un soir et tombe sur une vidéo d'elle en plein gang-bang avec une quinzaine de partenaires différents et une autre en plein ébat zoophile. Il envisage d'abord de la défenestrer, avant de finalement disparaitre du jour au lendemain sans une explication.

CLÉS DE LECTURE

Le style de Michel Houellebecq fait l'objet d'avis fort divergents, mais ne laisse pas indifférent. Certains voient en lui un auteur talentueux digne du prix Goncourt, qu'il a obtenu en 2010. Ses détracteurs, au contraire, vont jusqu'à soulever « une absence de style ».

La syntaxe

Au niveau syntaxique, Michel Houellebecq multiplie les juxtapositions de phrases. Il sépare ces dernières par de nombreuses virgules, plus rarement des points-virgules ou des parenthèses. Son style est ainsi le reflet de ce qu'il dénonce : une société écrasée par les conséquences du libéralisme. Les phrases du narrateur sont toujours plus longues, comme si elles reflétaient cette volonté consumériste d'avoir toujours plus (toujours plus de choix dans les magasins, toujours plus de relations, toujours plus de pays où voyager, etc.).

L'auteur fait s'exprimer son narrateur sur un mode paratactique, c'est-à-dire avec un emploi minimaliste de conjonctions de coordination, ce qui correspond à son mode de pensée. Sa dépression le rend passif, il est dans l'inaction. Il compense donc par la parole ; une parole qui se délie, sans filtre. Les phrases se suivent, les points mettent du temps à arriver, comme si Florent-Claude ne parvenait pas à taire ses pensées. Ce mode paratactique trahit également son manque d'investissement et sa perte d'envie : il passe d'une idée à une autre, d'une phrase à une autre, sans achever complètement la précédente par une ponctuation forte.

Des phrases-chocs

De plus, il change fréquemment de sujet au sein d'une même phrase. Il peut ainsi parler d'attirance sexuelle et de l'agro-industrie dans une même phrase (p. 33) ou de meurtre et de nourriture (p. 56), parfois même en changeant de niveau de langue (allant du soutenu au vulgaire dans la même phrase). Ces changements de sujet et de niveau de langue dénotent une instabilité qui se retrouve au niveau sociétal. Florent-Claude change de sujets et d'idées comme s'il regardait la télévision et « zappait » les chaines. Dans le roman, il prend plaisir à regarder tantôt des programmes sur les « Disparus volontaires », des discussions politiques ou encore des émissions culinaires. C'est donc le reflet de cette société du « zapping » : on change d'idée comme on changerait de chaine.

Par ailleurs, les associations choquantes qu'il propose passent presque inaperçues dans son récit. Elles deviennent habituelles de la part du narrateur et le lecteur finit par s'y accoutumer. Il n'est pas impossible d'y voir un lien avec les réformes sociales et économiques qui brisent des vies dans l'indifférence générale, comme si les gens finissaient également par s'y habituer. Il y a ainsi une triste résignation cynique dans les phrases-chocs du narrateur : oui, c'est choquant, mais c'est la vie.

Une fausse vulgarisation scientifique

Une autre caractéristique marquante chez Michel Houellebecq réside dans le recours à un ton neutre proche de celui des ouvrages de vulgarisation scientifique. Cette caractéristique se retrouvait déjà dans ses œuvres précédentes, notamment dans *La carte et le Territoire*, œuvre pour laquelle il avait été accusé de plagiat de la plateforme d'encyclopédie en ligne Wikipédia. Dans *Sérotonine*, on retrouve ce ton neutre et documenté à de nombreuses reprises, que ce soit par exemple lors des descriptions géographiques, gastronomiques (avec le descriptif détaillé des menus des restaurants), historiques (quand il parle de l'Espagne et de son évolution depuis Franco au début du roman), etc.

Ce ton neutre permet de renforcer le côté dépressif du narrateur auprès du lecteur. Il fait apparaitre le narrateur comme un homme cultivé et documenté, ce qui est effectivement le cas. Florent-Claude est diplômé, il possède une vaste culture générale (économique, historique, littéraire, musicale, etc.). Mais le ton neutre manque de vie. Il vise essentiellement à informer, pas à communiquer des émotions ou des sentiments. De la même manière, le narrateur semble avoir perdu l'étincelle de vie sous l'effet de sa dépression. Il présente son histoire sur un ton descriptif, comme s'il était déconnecté de ce qui en faisait le charme, comme s'il s'agissait également de faits que rien ni personne ne pourrait changer.

DÉPRESSION ET BONHEUR

La destinée

Florent-Claude est non seulement un narrateur autodiégétique, c'est-à-dire un narrateur qui est également un personnage de l'histoire, mais le récit qu'il présente est en plus rétrospectif. Tout ce qu'il raconte est déjà arrivé, comme si nous étions en présence d'une forme de destinée. Tout est déjà écrit, le narrateur ne peut que raconter, il n'a plus le pouvoir de changer sa vie. Le fait de raconter une histoire qui s'est déjà réalisée semble indiquer la présence d'une destinée. Cette destinée s'applique aux personnages. Il le dit lui-même d'ailleurs :

> « J'aurais pu rendre une femme heureuse. Enfin, deux ; j'ai dit lesquelles. Tout était clair, extrêmement clair, dès le début ; mais nous n'en avons pas tenu compte. Avons-nous cédé à des illusions de liberté individuelle, de vie ouverte, d'infini des possibles ? » (p. 349)

D'après le narrateur, le bonheur semble accessible ; il a d'ailleurs pu l'atteindre temporairement avec Camille lorsqu'ils n'étaient qu'à deux dans leur maison à Clécy. Mais le roman semble indiquer que, si l'on fait les mauvais choix, on est condamné au malheur. Florent-Claude a trompé Kate et Camille. Il n'a pas su les retenir. Il a donc laissé passer sa chance. Il a eu quelques occasions de réel bonheur dans sa vie. Il n'a cependant pas su les saisir. Le roman raconte donc sa lente déliquescence. Le narrateur avance lentement jusqu'à sa perte, il le sait, en est conscient, mais ne parvient pas à lutter contre son destin, malgré l'aide de la science sous la forme du Captorix.

Outre la destinée des personnages, le roman présente également l'idée d'une destinée des sociétés. Florent-Claude, par ses notes pour le ministère de l'Agriculture, montre qu'il a une vision claire de la situation des campagnes françaises et de ce qu'il faudrait faire pour les aider. Il n'est cependant jamais écouté. À chaque fois, c'est le libre-échange qui prime. La tentative de révolte d'Aymeric et des autres agriculteurs pour faire entendre leur voix se solde par la mort et une gloire passagère. Ce déterminisme semble offrir une vision du monde assez sombre et pessimiste. Celle-ci laisse cependant une porte ouverte au bonheur.

L'amour

Selon Agathe Novak-Lechevalier (Erner, « L'invité(e) des matins. Michel Houellebecq, écrivain prophétique ? » [en ligne]), le projet littéraire de Michel Houellebecq repose partiellement sur le fait qu'il est possible de se sauver par l'écriture, soit en écrivant, soit en lisant. Or, dans *Sérotonine*, Florent-Claude fait preuve d'une vaste culture littéraire. Il cite Lamartine, Nerval, Baudelaire, Barbey d'Aurevilly sans difficulté. À la fin du roman, il passe une partie de son temps à lire et réalise que ce n'est pas la littérature qui rend heureux, mais l'amour au sens large.

C'est d'ailleurs ce que démontre son récit. Son malheur commence avec le début de ses problèmes d'impuissance.

La mort de sa vie sexuelle coïncide avec sa lente descente aux enfers, dans laquelle ses anciennes compagnes apparaissent comme des ombres, des souvenirs qui chamboulent le cours du temps, car seul l'amour a ce pouvoir. Il est d'ailleurs intéressant de remarquer qu'il tente de recontacter plusieurs de ses ex-compagnes, mais que les deux seules qui ont vraiment compté dans sa vie, Kate et Camille, il ne les approche pas réellement. Il ne cherche pas à retrouver la Danoise et, quand il a l'occasion de revoir Camille, il préfère l'observer à distance, se refusant à rendre réelle la connexion qu'il ressent toujours pour elle. Il sait qu'il a laissé passer sa chance de bonheur à ses côtés et s'y résigne. Mais il sait également qu'il n'y a qu'avec elle(s) qu'il aurait pu être heureux.

Le bonheur ne dépend donc pas simplement des neurotransmetteurs, comme la sérotonine. Florent-Claude a beau prendre son Captorix, il ne parvient pas à être heureux pour autant. Lorsqu'il prend la dose maximale recommandée, sa situation ne fait qu'empirer : son taux de cortisol, l'hormone du stress, est anormalement élevé ; sa testostérone est au plus bas. La science ne peut donc contrôler le bonheur.

CRITIQUE DE LA SOCIÉTÉ CONSUMÉRISTE

Les supermarchés

L'un des thèmes de prédilection de Michel Houellebecq dans ses œuvres est celui de la critique du libéralisme. *Sérotonine* ne fait pas exception et présente de manière désenchantée ce libéralisme omniprésent. Au niveau économique, le libre-échange permet un vaste choix de marchandises dans les grandes surfaces, au détriment de l'économie régionale. Le narrateur préfère ainsi éviter de commettre le meurtre de sa compagne Yuzu pour ne pas finir en prison et avoir toujours accès aux « quatorze variétés différentes de houmous » (p. 56) de son super-marché, l'aspect moral du meurtre semblant presque anecdotique. Il s'émerveille d'ailleurs dans le roman dès qu'il découvre une nouvelle chaine de magasins.

Le cynisme au service de la critique

Michel Houellebecq se sert également d'un humour politiquement incorrect comme arme pour dénoncer ce libéralisme. Par son cynisme, il véhicule ainsi une certaine vision du monde personnelle. Par exemple, le narrateur décrit l'échec du projet européen lors de ses vacances en Espagne, en appuyant son observation de clichés racistes et de stéréotypes à prendre au second degré. Chaque nation s'assied à l'écart des autres, à l'exception des Hollandais. Ces derniers apparaissent comme « une race de commerçants polyglottes et opportunistes » (p. 31) soumis à la mondialisation, leur pays n'étant pas un vrai pays, mais « tout au plus une entreprise » (p. 33).

La révolte des campagnes

Pendant ce temps, les campagnes françaises se meurent dans l'indifférence générale, comme le montre la figure forte et dramatique d'Aymeric. Cet aristocrate agricul-teur se bat pour gérer son domaine dans le respect des traditions : il travaille dur, se lève tôt tous les matins pour traire lui-même ses 300 vaches laitières, les nourrit sainement... Il ne peut cependant pas rivaliser avec les prix du lait importé. Les agriculteurs de son entourage croulent les uns après les autres, malgré leur cohésion : ils sont malheureux, ruinés, certains – comme son collègue à Carteret (p. 238) – finissent par se suicider. Désespéré, Aymeric se tourne vers Florent-Claude et affirme être prêt à se plier à son avis. Aymeric prend alors conscience de l'ampleur du problème. Loin de s'y résigner passivement comme son ami, il prépare une manifestation armée et parvient à attirer l'attention des médias. Il est prêt à devenir le martyr de la cause des agriculteurs et de tous ceux qui sont écrasés par le système.

Un observateur impuissant

L'impuissance sexuelle du narrateur est, en un sens, métaphorique de son impuissance face aux mutations sociales. Il est conscient de ce qui se passe dans le monde, sait ce qu'il faudrait faire, mais ne parvient pas à changer la situation :

> « (...) et je me souvins que moi aussi, pendant presque quinze ans, j'avais *toujours* eu raison dans mes notes de synthèse, qui défendaient le point de vue des agriculteurs locaux, j'avais *toujours* aligné des chiffres réalistes, proposant des mesures de protection raisonnables, des circuits courts économiquement viables, mais je n'étais qu'un agronome, un technicien, et au bout du compte on m'avait *toujours* donné tort, les choses avaient *toujours* au dernier moment basculé vers le triomphe du libre-échangisme, vers la course à la productivité (...). » (p. 250)

Florent-Claude est donc perpétuel observateur d'une société qu'il comprend, mais à laquelle il n'adhère pas totalement et de laquelle il finit par se dissocier progressivement. Il quitte la multinationale Monsanto dans sa jeunesse, il exerce pendant un certain temps des emplois plus en accord avec ses valeurs (pour des produits fromagers français, pour le ministère de l'Agriculture) pour finalement se mettre au ban de la société en quittant définitivement le monde du travail au début de sa dépression.

Le libéralisme sexuel : misogynie sociétale ?

Le libéralisme économique ainsi décrié a également un impact sur l'image de la sexualité et du rapport au corps. Les jeunes femmes, à l'exception notable de Kate et Camille, sont décrites comme égoïstes dans leur plaisir et toujours assoiffées de nouvelles aventures, qu'il s'agisse, par exemple, de Yuzu et de ses soirées libertines ou de Claire et de sa compétition malsaine avec sa mère (la fille séduisant les amants de sa mère et la mère ceux de sa fille). Au-delà de 50 ans, les femmes n'ont par contre plus grand-chose à espérer, comme si la société leur renvoyait l'image de produits périmés. Le sexe devient même un tourisme qui offre une alternative pour ceux qui sont déçus par le « marché ». Ainsi, le docteur Azote conseille à Florent-Claude de se tourner vers des prostituées en France ou en Thaïlande. Le narrateur lui-même recommande à Aymeric de remplacer son ex-femme par « une Moldave, [...] une Camerounaise ou une Malgache, une Laotienne à la rigueur » (p. 207), comme si les femmes étaient interchangeables. Dans un monde où le libéralisme sexuel prime, les sentiments sont donc anesthésiés et les corps réifiés, au détriment de l'amour et d'un bonheur réel et durable.

PISTES DE RÉFLEXION

QUELQUES QUESTIONS
POUR APPROFONDIR SA RÉFLEXION...

- Expliquez le titre du roman. Qu'est-ce que la « sérotonine » et quel est son lien avec le roman ?

- Dans quelle mesure peut-on voir une forme de destin dans le roman ? Les personnages et les sociétés peuvent-ils y échapper ou sont-ils condamnés à l'accomplir ?

- Quelle est la particularité du style houellebecquien ? Qu'apporte-t-il à la narration ?

- Le narrateur a recours à de nombreux flashbacks lorsqu'il raconte son histoire. Qu'apportent-ils à l'intrigue ?

- La vision du narrateur sur les femmes et leur sexualité est rarement positive. Faut-il y voir une forme de misogynie (critique qui avait déjà été formulée à l'égard des *Particules élémentaires*, le deuxième roman de Michel Houellebecq) ? Ou bien peut-on y voir, à la suite de certains spécialistes en littérature comme Agathe Novak-Lechevalier (Erner, « L'invité(e) des matins. Michel Houellebecq, écrivain prophétique ? » [en ligne]), le reflet de la condition tragique des femmes qui sont prises dans un système « libéral d'un point de vue sexuel » ? Autrement dit, est-ce le roman qui est misogyne ou plutôt la société décrite par l'auteur ?

- Michel Houellebecq fait preuve de cynisme, notamment pour mieux rendre compte de sa critique du libéralisme économique. Citez un exemple issu du texte.

- Pourquoi Florent-Claude tente-t-il de renouer contact avec les personnes de son passé ? En quoi Camille occupe-t-elle une place particulière à cet égard ?

- « Un seul être vous manque et tout est dépeuplé », écrivait Lamartine. Florent-Claude nuance le propos du poète en disant : « un seul être vous manque et tout est mort » (p. 157). Que change cette nuance à la citation ? En quoi est-elle plus adaptée à la situation du narrateur ?

- La quatrième de couverture du roman décrit le personnage d'Aymeric comme « un double inversé » de Florent-Claude. En quoi cette affirmation est-elle vraie ?

- Quels liens peut-on voir entre le récit et la problématique des « gilets jaunes » en France ?

POUR ALLER PLUS LOIN

ÉDITION DE RÉFÉRENCE

- HOUELLEBECQ M., *Sérotonine*, Paris, J'ai lu, 2020.

ÉTUDES DE RÉFÉRENCE

- ERNER G., « L'invité(e) des matins. Michel Houellebecq, écrivain prophétique ? » (2019), in *France Culture*, consulté le 02/10/2021. URL : https://www.franceculture.fr/emissions/linvite-des-matins/michel-houellebecq-ecrivain-prophetique.

- NOVAK-LECHEVALIER A., « Sérotonine (M. Houellebecq) – Fiche de lecture », in *Encyclopaedia Universalis*, consulté le 05/10/2021. URL : https://www.universalis.fr/encyclopedie/serotonine-fiche-de-lecture/.

- PRINCE G., « Narrateur, narration et roman à thèse dans *Sérotonine* » (2020), in *20th & 21st Century French and Francophone Studies International Colloquium 4*, consulté le 06/10/2021. URL : https://digitalcommons.unl.edu/cgi/viewcontent.cgi?article=1002&context=ffsc2020.

- PROVOST L., « Dans *Sérotonine* de Michel Houellebecq, voici ce qu'il y a de *gilets jaunes* » (2019), in *Huffingtonpost*, consulté le 02/10/2021. URL : https://www.huffingtonpost.fr/2019/01/03/dans-serotonine-de-michel-houellebecq-voici-ce-quil-y-a-de-gilets-jaunes_a_23632459/.

Votre avis nous intéresse !
Laissez un commentaire sur le site de votre librairie en ligne
et partagez vos coups de cœur sur les réseaux sociaux !

lePetitLittéraire.fr

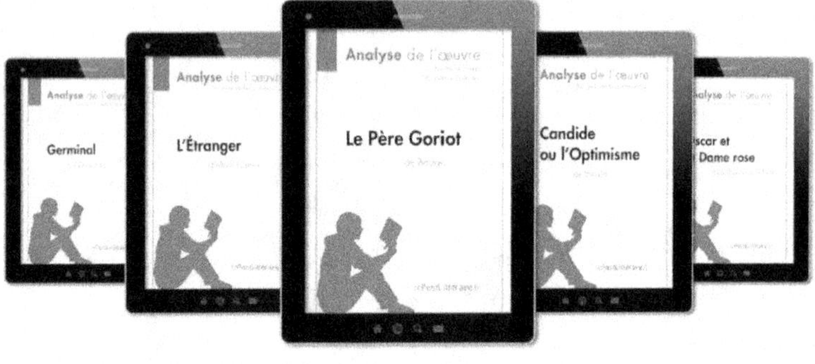

- un résumé complet de l'intrigue ;
- une étude des personnages principaux ;
- une analyse des thématiques principales ;
- une dizaine de pistes de réflexion.

**Retrouvez
notre offre complète sur**
lePetitLittéraire.fr

ISBN version numérique : 9782808023856
ISBN version papier : 9782808023863
Dépôt légal : D/2021/12603/32

Conception numérique : Primento,
le partenaire numérique des éditeurs.

www.ingramcontent.com/pod-product-compliance
Lightning Source LLC
La Vergne TN
LVHW010842200726
843508LV00012B/2703